Analyse de l'œuvre

Par Claire Cornillon
et Harmony Vanderborght

Œdipe roi

de Sophocle

lePetitLittéraire.fr

Rendez-vous sur lepetitlitteraire.fr et découvrez :

Plus de 1200 analyses
Claires et synthétiques
Téléchargeables en 30 secondes
À imprimer chez soi

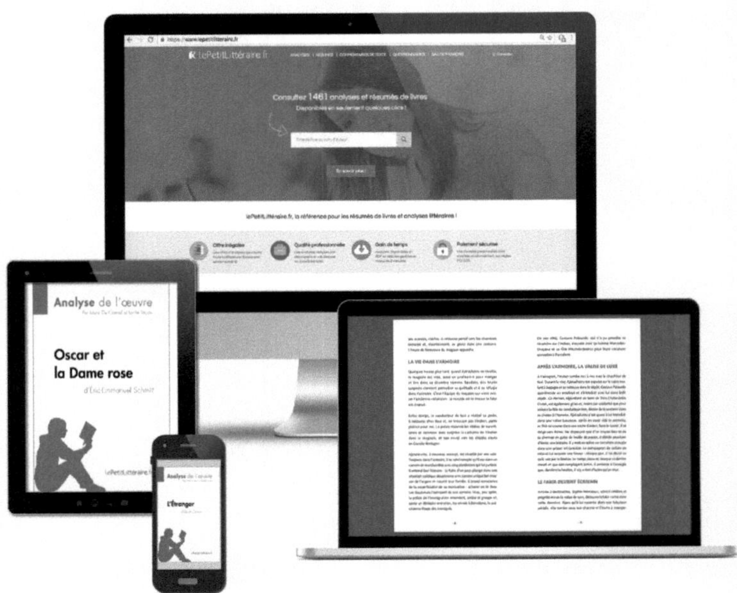

SOPHOCLE

DRAMATURGE GREC

- **Né vers 496 av. J.-C. à Athènes**
- **Décédé vers 406 av. J.-C. dans la même ville**
- **Quelques-unes de ses œuvres :**
  - *Antigone* (vers 442 av. J.-C.), tragédie
  - *Philoctète* (409 av. J.-C.), tragédie
  - *Œdipe à Colone* (401 av. J.-C., posthume), tragédie

Sophocle est, avec Eschyle (525-456 av. J.-C.) et Euripide (480-406 av. J.-C.), le plus connu des poètes tragiques de la Grèce antique. Il est l'auteur de plus d'une centaine de tragédies dont seulement sept nous sont parvenues. Chez Sophocle, contrairement à son prédécesseur Eschyle, le chœur (troupe de personnes qui commentent l'action en chantant ou en déclamant) prend moins de place, et le héros gagne en épaisseur psychologique. Sophocle est souvent cité comme modèle de la tragédie dans la *Poétique* d'Aristote (philosophe grec, 384-322 av. J.-C.).

ŒDIPE ROI

ŒDIPE ROI, LE MODÈLE DE LA TRAGÉDIE

- **Genre :** théâtre (tragédie)
- **Édition de référence :** *Œdipe roi*, in *Tragédies complètes*, traduit du grec ancien par Paul Mazon, Paris, Gallimard, coll. « Folio classique », 1973, 480 p.
- **1ʳᵉ édition :** vers 425 av. J.-C.
- **Thématiques :** destin, transgression, inceste, parricide, enquête, Thèbes, mythologie, Antiquité

Œdipe roi est peut-être le modèle de la tragédie, car cette pièce met en scène un héros écrasé par une destinée qui lui échappe et qu'il ne peut qu'accepter. La pièce raconte comment Œdipe, roi de Thèbes, découvre qu'il a accompli l'oracle qu'il cherchait désespérément à fuir et que, sans le savoir, il a assassiné son père et épousé sa mère. Apprenant la vérité, sa mère, Jocaste, se suicide tandis qu'Œdipe se crève les yeux et demande l'exil. La pièce est ainsi une succession de révélations qu'entame celle du devin Tirésias, aveugle mais clairvoyant.

RÉSUMÉ

Devant le palais d'Œdipe, à Thèbes, des enfants sont accroupis sur les marches et portent des rameaux d'olivier à la main. Ils sont accompagnés par un prêtre de Zeus. Lorsqu'Œdipe sort pour leur demander ce qui se passe, le prêtre lui explique que la peste s'est abattue sur Thèbes :

> « Tu le vois comme nous, Thèbes, prise dans la houle, n'est plus en état de tenir la tête au-dessus du flot meurtrier. La mort la frappe dans les germes où se forment les fruits de son sol, la mort la frappe dans ses troupeaux de bœufs, dans ses femmes, qui n'enfantent plus la vie. Une déesse porte-torche, déesse affreuse entre toutes, la Peste, s'est abattue sur nous, fouaillant notre ville et vidant peu à peu la maison de Cadmos, cependant que le noir Enfer va s'enrichissant de nos plaintes, de nos sanglots. » (p. 186)

Le prêtre demande alors l'aide d'Œdipe.

Créon, le frère de Jocaste, qui était parti recueillir l'oracle des dieux, revient et annonce que la mort de Laïos, qui gouvernait la cité avant Œdipe, doit être vengée pour que l'ordre revienne. Mais personne ne sait qui l'a tué. Œdipe décide alors de mener l'enquête : « Eh bien ! Je reprendrai l'affaire à son début et l'éclaircirai, moi. » (p. 189) Il rentre dans le palais avec Créon. Les enfants et le prêtre sortent alors qu'entre le chœur des vieillards, qui déplorent la situation dramatique de la cité. Œdipe leur répond : « J'entends tes prières, et à ces prières c'est moi qui réponds. » (p. 192) Il demande leur aide pour éclaircir l'affaire.

Œdipe raconte qu'il a pris la succession de Laïos et épousé sa femme, Jocaste. C'est pourquoi il explique : « C'est moi dès lors qui lutterai pour lui, comme s'il eût été mon père », dit-il (p. 193). Le coryphée, le chef du chœur, suggère à Œdipe d'interroger Tirésias, « qui a le don de clairvoyance » (p. 194). Entre alors Tirésias, guidé par un enfant. Œdipe lui demande ce qu'il sait et le devin répond : « Hélas ! Hélas ! qu'il est terrible de savoir, quand le savoir ne sert de rien à celui qui le possède ! » (p. 195) Il refuse d'en dire plus. Œdipe insiste, et Tirésias finit par avouer la vérité : « Je dis que c'est toi l'assassin cherché. » (p. 197) Et il ajoute : « Sans le savoir, tu vis dans un commerce infâme avec les plus proches des tiens, et sans te rendre compte du degré de misère où tu es parvenu. » (*ibid.*)

Œdipe croit que Créon, jaloux de son pouvoir, a manigancé cela pour le tromper. Tirésias sort, et Œdipe rentre dans le palais. Créon, qui a entendu dire qu'Œdipe l'accusait, veut lui demander ce qu'il en est : « Si vraiment il s'imagine qu'à l'heure où nous nous trouvons je lui cause le moindre tort, soit en paroles, soit en actes, je ne souhaite plus de vivre davantage : tel décrit me pèserait trop », dit-il (p. 202). Entre alors Œdipe qui l'interroge à propos de Tirésias et du meurtre de Laïos. Jocaste s'interpose. Œdipe persiste à croire que Créon est coupable. Convaincu par le chœur, il accepte cependant de demander l'exil de Créon plutôt que sa mort.

Jocaste raconte à Œdipe que les devins peuvent se tromper, car on avait prédit à Laïos que son fils le tuerait alors que ce sont des brigands qui l'ont assassiné. À ce récit, Œdipe comprend que c'est peut-être lui qui a tué son propre père. Il raconte son histoire : un jour quelqu'un l'ayant appelé « enfant supposé », il s'était mis à douter de l'identité de ses parents et s'était enfui ; sur le chemin, il avait tué un homme.

Un Corinthien vient annoncer la mort de Polybe, celui qu'Œdipe croit être son père. Mais il ajoute que Polybe n'était pas le père d'Œdipe : c'est lui qui avait trouvé l'enfant et l'avait confié à Polybe. Un berger du roi Laïos l'avait lui-même donné au Corinthien. Jocaste réagit vivement à ce récit : « Ah ! Puisses-tu jamais n'apprendre qui tu es ! » (p. 221) Elle rentre ensuite dans le palais. Œdipe interroge le berger et finit par apprendre que c'est Jocaste qui lui avait confié l'enfant pour qu'il le tue mais que, pris de pitié, il l'avait épargné.

> « Hélas, hélas ! ainsi tout à la fin serait vrai ! Ah ! lumière du jour, que je te voie ici pour la dernière fois, puisque, aujourd'hui, je me révèle le fils de qui je ne devais pas naître, l'époux de qui je ne devais pas l'être, le meurtrier de qui je ne devais pas tuer. » (p. 225)

Le messager annonce ensuite la mort de Jocaste, qui s'est pendue, puis raconte qu'Œdipe, prenant les agrafes d'or du vêtement de sa mère, s'est crevé les yeux. Œdipe, aveugle, apparait alors. Il demande à Créon de l'exiler et de prendre soin de ses filles. Le coryphée conclut ainsi la pièce : « Gardons-nous d'appeler jamais un homme heureux, avant qu'il ait franchi le terme de sa vie sans avoir subi un chagrin. » (p. 236)

ÉTUDE DES PERSONNAGES

ŒDIPE

Œdipe est le roi de Thèbes. Il est marié à Jocaste et tous deux ont plusieurs enfants, dont Antigone. Il est étranger à la ville, car il a été élevé par Polybe de Corinthe et par Mérope, une Dorienne, qu'il croit être ses parents. En réalité, il est le fils de Laïos, ancien roi de Thèbes, et de Jocaste. Cette dernière l'avait confié à sa naissance à un berger pour qu'il le tue, mais, pris de pitié, celui-ci l'a épargné et l'a confié à un autre homme qui l'a à son tour remis à Polybe. Œdipe doit donc découvrir sa véritable identité. Toute sa vie n'est qu'illusion, et la pièce lui révèle petit à petit le sombre drame de son existence : il a en fait tué son père et épousé sa mère.

Au début de la pièce, Œdipe est aimé et admiré. Il est le sauveur de Thèbes, celui qui a résolu l'énigme du Sphinx et celui vers qui l'on se tourne naturellement lorsque le malheur s'abat sur la ville. Le prêtre lui dit :

> « Certes ni moi ni ces enfants, à genoux devant ton foyer, nous ne t'égalons aux dieux ; non, mais nous t'estimons le premier de tous les mortels dans les incidents de notre existence et les conjonctures créées par les dieux. Il t'a suffi d'entrer jadis dans cette ville de Cadmos pour la libérer du tribut qu'elle payait alors à l'horrible Chanteuse. Tu n'avais rien appris pourtant de la bouche d'aucun de nous, tu n'avais reçu aucune leçon : c'est par l'aide d'un dieu – chacun le dit, chacun le pense – que tu as su relever notre fortune. » (p. 186)

Œdipe apparait comme intrépide et avide de savoir. Il décide de mener l'enquête sur le meurtre de Laïos et joue souvent le rôle d'interrogateur dans la pièce. Mais il est aussi trop fougueux et cède facilement à ses passions. Par exemple, lorsqu'il soupçonne Créon, aucun argument ne parvient à le faire changer d'avis. Plus tard, lorsqu'il commence à entrevoir la vérité, Jocaste dit de lui : « Œdipe laisse ses chagrins ébranler un peu trop son cœur. Il ne sait pas juger avec sang-froid du présent par le passé. » (p. 215)

De désespoir face à son destin, il se crève les yeux. Comme le souligne Tirésias, « jamais homme avant [lui] n'aura plus durement été broyé du sort » (p. 199). Œdipe est celui qui est monté au plus haut, qui avait tout et qui, dans un renversement tragique, est redescendu au plus bas et a tout perdu.

JOCASTE ET CRÉON

Jocaste et Créon sont des contrepoints par rapport à Œdipe, des interlocuteurs d'abord, des doubles aussi. Jocaste est le second personnage tragique de la pièce. Elle suit le même parcours qu'Œdipe du présent vers le passé, du faux au vrai. Découvrant son propre crime involontaire d'inceste, elle se suicide par pendaison.

Elle apparait pourtant tout au long de la pièce comme celle qui se veut rassurante. Elle s'interpose entre Créon et Œdipe pour calmer leur dispute ; elle tente de convaincre Œdipe que le devin se trompe. Mais elle ne fait que s'aveugler elle-même, tout comme Œdipe. Son rôle bascule ainsi totalement de l'image maternelle vers l'image d'une femme qui a demandé que l'on assassine son fils et qui l'a finalement épousé sans le savoir.

Créon, face à eux, s'impose comme le personnage loyal et raisonnable de la pièce. Il oppose aux excès de colère d'Œdipe un discours argumenté et solide. Quand Œdipe veut le condamner à mort, il lui répond :

> « Va à Pythô tout d'abord, et demande si je t'ai rapporté exactement l'oracle. Après quoi, si tu peux prouver que j'ai comploté avec le devin, fais-moi mettre à mort : ce n'est pas ta voix seule qui me condamnera, ce sont nos deux voix, la mienne et la tienne. Mais ne va pas, sur un simple soupçon, m'incriminer sans m'avoir entendu. Il n'est pas équitable de prendre à la légère les méchants pour les bons, les bons pour les méchants. Rejeter un ami loyal, c'est en fait se priver d'une part de sa propre vie, autant dire de ce qu'on chérit plus que tout. » (p. 205)

À la fin de la pièce, il est celui à qui Œdipe s'en remet, lui demandant de prendre soin de ses filles durant son exil.

LE CHŒUR, TIRÉSIAS ET LES AUTRES PERSONNAGES

Mené par le coryphée, le chef de chœur, qui est placé en contrebas de la scène, dans ce que l'on appelle l'orchestra, le chœur, dans la tragédie grecque, interagit avec les comédiens qui interprètent des personnages et qui sont, quant à eux, sur la scène. Au cours du temps, le rôle du chœur dans le théâtre grec a décru, mais, chez Sophocle, il reste encore important et participe de l'action, contrairement à ce que fait Euripide dans ses pièces. Les parties du texte qui lui reviennent sont chantées. Dans *Œdipe roi*, le chœur est composé de vieillards qui représentent la voix de la cité. Ils commentent l'action et les révélations, et soulignent souvent le pathétique des scènes qui ont précédé : « Et la cité se meurt en ces morts sans nombre. Nulle pitié ne va à ses fils gisant sur le sol : portant la mort à leur tour, personne ne gémit sur eux. » (p. 191)

Les autres personnages ont surtout un rôle informatif. Ils interviennent à un certain moment de l'action pour raconter ce qu'ils savent. Tel est le cas du serviteur, du berger ou du messager. Tirésias joue parmi eux un rôle plus important. Il est le devin et, donc, tout comme l'oracle, il est un intermédiaire entre les dieux et les hommes. Il sait ce que les autres hommes ne savent pas. Œdipe lui dit en l'accueillant :

> « Toi qui scrutes tout, ô Tirésias, aussi bien ce qui s'enseigne que ce qui demeure interdit aux lèvres humaines, aussi bien ce qui est du ciel que ce qui marche sur la terre, tu as beau être aveugle, tu n'en sais pas moins de quel fléau Thèbes est la proie. » (p. 195)

Symboliquement, il constitue l'exact opposé d'Œdipe : il est aveugle, mais voit la vérité alors qu'Œdipe, qui n'est pourtant pas atteint de cécité, vit dans l'illusion. Lorsqu'Œdipe découvre la vérité, il choisit de se percer les yeux, ne pouvant supporter la réalité qui s'offre à lui. La connaissance de la vérité est un fardeau. C'est ce que Tirésias disait déjà, plus tôt dans la pièce : « C'est que tous, tous, vous ignorez... Mais moi, n'attends pas de moi que je révèle mon malheur – pour ne pas dire : le tien. » (p. 196)

CLÉS DE LECTURE

UNE ENQUÊTE

La pièce se construit comme une double enquête : la première concerne le meurtre de Laïos, la seconde vise à découvrir la véritable identité d'Œdipe. Non seulement, le roi ne sait, au départ, pas où chercher, mais il est confronté à des mensonges : « Comment retrouver à cette heure la trace incertaine d'un crime si vieux ? », demande-t-il (p. 188). Le lecteur/spectateur croit que Laïos a été tué par des brigands alors que c'est faux. Polybe et Mérope font croire à Œdipe qu'il est leur fils, or c'est également un mensonge. L'enjeu est donc de remplacer le récit fictif des faits par un récit vrai.

Une grande partie de la pièce consiste donc en des successions de questions-réponses, des dialogues qui tournent à l'interrogatoire. « Je parle ici en homme étranger au rapport qu'il vient d'entendre, étranger au crime lui-même, dont l'enquête n'irait pas loin, s'il prétendait la mener seul, sans posséder le moindre indice », dit Œdipe (p. 192). On écoute les témoins, notamment le berger, et on fait appel aux experts comme Tirésias. Chacun défend son point de vue quand vient l'heure de l'accusation. Œdipe, lorsqu'il est accusé par Tirésias, n'ayant pas d'arguments pour se défendre, contrattaque en dénonçant un complot contre lui.

En raison de ces enquêtes, la pièce ne comporte pas d'action. Elle est un retour sur le passé qui a modelé le présent. Rien ne s'y passe, si ce n'est la découverte de ce passé. Les seules actions (le suicide de Jocaste et la mutilation d'Œdipe) qui se produisent en dehors de la scène ne sont que la conséquence de la révélation de ce passé. Elles en sont les conséquences tragiques.

ORDRE ET TRANSGRESSION

L'enquête nait d'une volonté de rétablir un ordre qui a été bouleversé. L'oracle, parole des dieux, réclame que le meurtre du roi précédent soit vengé. La peste qui s'abat sur Thèbes représente ce bouleversement de l'ordre des choses. Le meurtre du roi est en soi une transgression fondamentale, mais ce crime est ici doublé d'un parricide.

Œdipe est le personnage de la transgression ultime, puisqu'il est coupable de parricide et d'inceste. Ces deux interdits sont les fondements mêmes d'une société. « Sans le savoir, tu vis dans un commerce infâme avec les plus proches des tiens, et sans te rendre compte du degré de misère où tu es parvenu », lui dit Tirésias (p. 197). Ce dernier a involontairement brisé l'ordre des choses. Pourtant, il était celui qui avait rétabli l'ordre en libérant Thèbes du Sphinx. Œdipe est le héros, celui dont l'action précisément se situe du côté de l'ordre ou de la transgression et dont le destin rejaillit sur l'ensemble de la communauté.

UN ITINÉRAIRE TRAGIQUE

La caractéristique principale d'*Œdipe roi* est l'insistance sur l'ironie tragique. Les dieux n'apparaissent pas dans la pièce, mais leur parole est transmise par l'oracle.

Les oracles sont mystérieux et ne permettent pas aux

personnages d'échapper à leur destin ; au contraire, ils contribuent à le provoquer.

> « Et là Phoebos me renvoie sans même avoir daigné répondre à ce pour quoi j'étais venu, mais non sans avoir en revanche prédit à l'infortuné que j'étais le plus horrible, le plus lamentable destin : j'entrerais au lit de ma mère, je ferais voir au monde une race monstrueuse, je serais l'assassin du père dont j'étais né », raconte Œdipe (p. 211).

L'oracle ne répond pas à la question qu'Œdipe lui pose sur son identité, mais lui transmet une information qu'il ne peut pour le moment pas comprendre. Par crainte de réaliser l'oracle, il reste à Thèbes, éloigné de Polybe et de Mérope qu'il pense être ses parents naturels, mais c'est en allant précisément dans cette ville qu'il accomplit son destin sans le savoir, tuant son père sur le chemin et épousant sa mère. C'est le principe même de l'ironie tragique : le personnage croit agir dans son intérêt et déjouer le destin, alors qu'il court à sa perte.

Aristote dans sa *Poétique*, explique que la fonction de la tragédie est de provoquer une catharsis chez le spectateur, c'est-à-dire une purgation des passions. *Œdipe roi* est en parfaite adéquation avec ce modèle de la tragédie, puisque l'itinéraire effroyable d'Œdipe fait éprouver ces deux sentiments à la fois à tous les personnages de la pièce, au chœur et, par conséquent, au public lui-même.

LA CATHARSIS

La catharsis est un concept énoncé par Aristote dans

le chapitre VI de sa *Poétique* (vers 335 av. J.-C.) La tragédie, à travers le mode de l'imitation, propose des scènes qui provoquent chez le spectateur des émotions exacerbées, telles que la pitié ou la crainte, permettant de cette manière la purgation de ces pulsions. Dans la pièce, les personnages qui se livrent à ces mauvaises passions se retrouvent punis : la malédiction s'abat ainsi sur Œdipe parce qu'il a enfreint les interdits de l'inceste et du parricide. La représentation dissuade donc les hommes de se livrer dans la réalité à l'assouvissement de ces désirs : « [La tragédie] est une imitation faite par des personnages en action et non par le moyen d'une narration, et qui par l'entremise de la pitié et de la crainte, accomplit la purgation des émotions de ce genre. » (ARISTOTE, *Poétique*, trad. de Michel Magnien, Le Livre de Poche, 1990, p. 93).

Le tragique implique un rapport au temps spécifique, qui est particulièrement visible dans la pièce : dans l'univers tragique, tout a déjà eu lieu. Tout est écrit, comme le signalent les oracles, mais surtout, l'acte fondamental a eu lieu dans le passé. Aucune action n'est donc possible, si ce n'est raconter ce qui s'est passé et découvrir la vérité.

ENTRE DIEU ET HOMME

Dans les tragédies de Sophocle, les dieux sont très peu représentés. Dans *Œdipe roi*, leur parole est véhiculée par les figures intermédiaires que sont les oracles. L'Homme est au centre de l'action. Pour autant, la puissance divine ne disparait pas complètement. Nul ne peut échapper à la volonté des dieux.

Œdipe est un personnage complexe. Il est humain avant tout et, alors qu'il croit être maitre de ses choix et disposer d'une grande liberté, il est aussi victime de son destin. C'est involontairement qu'il commet les crimes qu'il était prédestiné à commettre.

Par ailleurs, Œdipe est doté d'une certaine force divine. Les citoyens de Thèbes attendent, de la part de leur souverain si puissant, un dénouement heureux à la malédiction qui s'est abattue sur leurs terres. Les propos du prêtre, dès le début de la pièce, témoignent de cette confiance du peuple en la force d'Œdipe, dont l'origine est incertaine :

> « Eh bien, aujourd'hui encore, Œdipe, ô toi qui imposes à tous le visage de ta supériorité, regarde, nous nous tournons vers toi, nous te supplions tous de nous trouver un recours. Peu importe que tu en coives la révélation à la voix d'un dieu, ou le secret à un homme. [...] Ô toi dont les vertus sont sans égales ici-bas, va, redresse la cité ! [...] Une grâce du ciel s'est posée sur toi jadis, pour te permettre de restaurer notre destin : ce que tu fus alors, sois-le maintenant encore ! » (p. 8)

REGARD ET CÉCITÉ

Dans *Œdipe roi*, la question de la vue est fondamentale et va de pair avec la vérité dévoilée. Œdipe refuse longtemps d'affronter – et donc de voir – l'évidence et d'admettre qu'il est le criminel qu'il recherche.

Lorsqu'il découvre son identité réelle, il décide de se crever les yeux, alors qu'il était clairvoyant au moment de déchiffrer l'énigme du Sphinx. En fait, la vérité est telle une lumière aveuglante, trop puissante pour que l'homme puisse la contempler.

Par ailleurs, l'opposition lumière-ténèbres traverse toute la pièce, notamment dans le champ lexical utilisé. Le personnage du devin Tirésias est lui aussi symbolique : sa cécité est une sorte de compensation de sa clairvoyance.

LE COMPLEXE D'ŒDIPE DANS LA PSYCHANALYSE

En 1900, Sigmund Freud (médecin autrichien, fondateur de la psychanalyse, 1856-1939) publie *L'interprétation du rêve*, un ouvrage qui marque le début des travaux sur la psychanalyse. Dans le chapitre V, l'auteur s'inspire du mythe d'Œdipe pour élaborer un concept qui deviendra fondamental dans toute sa théorie, celui du complexe d'Œdipe.

Les propos tenus par Jocaste envers son fils constituent le point de départ de sa réflexion : « Pourquoi s'effrayer ? Quand on est un homme, on est sous la main du destin [...] Ne t'effraie pas à l'idée d'épouser ta mère : on a souvent vu, ici-bas, des gens partager, en rêve, le lit maternel. » (Livre de Poche, 1994, p. 64) Dans cette réplique de Jocaste, l'idée de « rêve » est essentielle. En effet, à partir de l'étude des rêves et de l'observation des adultes névrosés, Freud en vient à établir que, durant l'enfance, le garçon ressent une profonde haine à l'égard de son père (allant jusqu'au parricide d'Œdipe), à qui il s'identifie, doublée d'un puissant désir sexuel pour sa mère (l'inceste entre Œdipe et Jocaste dans la pièce de Sophocle). Œdipe a accompli ces deux gestes à son insu. Par analogie, Freud situe ce double désir dans l'inconscient humain et fait du complexe d'Œdipe une étape inévitable dans la construction sexuelle de l'enfant. C'est un enjeu décisif qui se joue là, et l'enfant doit naturellement renoncer à ce désir pour entamer sa puberté et ensuite entrer dans l'âge adulte. Dans le cas contraire, l'échec de ce transfert peut donner lieu à des névroses.

Notons par ailleurs que l'accomplissement de cette étape ne s'effectue pas de la même manière chez les deux sexes. Les prémisses de réflexion de Freud sur le cas de la petite fille proposent plutôt un désir féminin du phallus manquant. Carl Gustav Jung (psychiatre suisse, 1875-1961), notamment, a théorisé le complexe d'Électre, qui fait référence à l'épisode mythologique durant lequel l'héroïne grecque a vengé Agamemnon, son père, en assassinant Clytemnestre, sa propre mère.

D'après l'observation de cas cliniques, Freud déclare, dans ses enseignements regroupés en une *Introduction à la psychanalyse*, à propos du rejet du complexe d'Œdipe au moment de l'adolescence :

> « La tâche du fils consiste à détacher de sa mère ses désirs libidineux, pour les reporter sur son objet réel étranger, à se réconcilier avec le père, s'il lui a gardé une certaine hostilité [...] Les névrosés, eux, échouent totalement dans ces tâches, le fils restant toute sa vie courbé sous l'autorité du père et incapable de reporter sa libido sur un objet sexuel étranger.

> [...] C'est en ce sens que le complexe d'Œdipe peut être considéré comme le noyau des névroses. » (*Introduction à la psychanalyse*, chapitre XXI)

Des années après la mort de Freud, la théorie psychana-lytique freudienne suscite toujours beaucoup d'intérêt. Alors que certains s'y rallient, d'autres émettent quelques critiques. Il lui est souvent reproché d'avoir restreint la légende œdipienne à une simple conception triangulaire qui serait utile à son travail. Dans leur ouvrage *L'anti-Œdipe*, Gilles Deleuze (philosophe français, 1925-1995) et Félix Guattari (psychanalyste et philosophe français, 1930-1992) désapprouvent vivement ce complexe œdipien. Si Freud prend conscience de ce processus qu'il prétend universel et qu'il a retrouvé dans son enfance en pratiquant l'autoana-lyse, c'est parce qu'il s'inscrit dans un contexte précis, dans une « culture classique goethéenne » (*L'Anti-Œdipe*, p. 64), très cultivé et passionné de mythologie. L'élaboration de ce schéma relationnel lui semble aller de soi en raison du cadre dans lequel il a évolué. Cependant, les deux philosophes estiment que la constitution de la sexualité infantile dé-passe largement l'influence du giron familial et peut se faire d'une infinité de manières distinctes. Plutôt que de parler de névrose en cas d'échec dans le processus œdipien, les deux philosophes préfèrent la notion de psychose, et ils relient ce complexe à la schizophrénie.

ŒDIPE ROI DE PASOLINI : UN HÉROS TRANSHISTORIQUE

En 1967, Pier Paolo Pasolini (écrivain et réalisateur italien,

1922-1975) transpose le mythe d'Œdipe au cinéma. Le réalisateur confère à son *Edipo Re* une dimension plus personnelle, tant du point de vue du contenu que de la structure du récit. En effet, essentiellement inspiré par *Œdipe roi* et *Œdipe à Colone* de Sophocle, le film contient des éléments tirés de la vie du cinéaste et des apports de la psychanalyse.

La construction de l'œuvre est particulièrement intéressante, avec un récit qui se divise en trois parties. Le prologue présente la relation de la mère à l'enfant dans les années vingt en Italie, évoquant ainsi la rivalité ressentie par le jeune Pasolini envers son père. La partie centrale du film met en scène le célèbre mythe d'Œdipe, revu par le réalisateur, allant de l'abandon de l'enfant dans la montagne au retour du héros à Thèbes, jusqu'à sa perte. L'histoire se déroule dans un cadre temporel situé en dehors de l'Histoire, les décors ne sont d'ailleurs pas ceux de la Grèce antique. En réalité, seule la seconde moitié de cette partie centrale expose le récit d'*Œdipe roi* de Sophocle. Enfin, l'épilogue replace l'épisode de l'exil d'Œdipe dans l'Italie des années soixante.

Pasolini fait le choix volontaire de verser dans l'hyperbole : les costumes insolites ainsi que les attitudes démesurées des acteurs donnent un aspect théâtral à l'œuvre. Le personnage d'Œdipe est davantage humain et faillible : il est instable, impulsif et parfois même malhonnête lorsqu'il triche au lancer du disque. L'accent est mis sur les passions et sur la folie destructrice de l'homme. Par ailleurs, la musique est omniprésente et joue un rôle crucial. Le devin Tirésias joue à la flute le *quatuor à cordes n°19 en ut majeur de*

Mozart (compositeur autrichien, 1756-1791), qui deviendra « le thème de la mère », et Œdipe en fera de même lorsqu'il se sera crevé les yeux. Les citoyens se réunissent aussi pour chanter, rappelant de cette manière le chœur dans l'œuvre de Sophocle. À l'instar de la tragédie grecque, le film est exempt de toute forme de violence, les scènes brutales (le meurtre des brigands sur la route, la pendaison de Jocaste ou encore l'automutilation d'Œdipe) apparaissent à peine à l'écran.

De manière générale, la pièce de Sophocle, vidée de ses repères géographiques et temporels, fournit un ancrage mythologique pour l'exploration autobiographique du réalisateur italien. Les fidèles citations qu'il propose de la tragédie sont intégrées dans une construction nouvelle. En se posant comme protagoniste – puisqu'il rejoue là sa propre histoire –, Pasolini invoque à sa manière la valeur universelle de la fable, le caractère transhistorique du destin tragique d'un homme. En effet, *Œdipe roi*, bien des siècles après sa représentation originelle, n'a pas fini de fasciner, tant par sa nature légendaire que par son application pragmatique.

PISTES DE RÉFLEXION

QUELQUES QUESTIONS POUR APPROFONDIR SA RÉFLEXION...

- Retracez l'évolution d'Œdipe et de Jocaste au cours de la pièce.
- Analysez l'attitude de Créon dans ses dialogues avec Œdipe. Quelle est sa position ?
- Quel est le rôle du chœur ? Est-il important selon vous ?
- Comment se caractérisent les interventions du chœur ? À quelle tonalité appartiennent-elles ?
- Les personnages secondaires (le prêtre, le messager et le vieux pâtre) apparaissent à différents moments de la pièce. En quoi les informations qu'ils délivrent sont-elles importantes pour l'intrigue ?
- Par quelles révélations successives parvient-on au récit complet des évènements ?
- En quoi Œdipe est-il un héros tragique ?
- Aucune action ne se produit réellement sur scène dans la pièce. Tout s'est déjà passé avant que la pièce ne commence. Pourquoi selon vous ?
- L'histoire de la famille d'Œdipe est une suite de transgressions et de crimes. Qu'arrive-t-il aux autres membres de cette famille ?
- Freud a analysé ce qu'il a appelé le complexe d'Œdipe. En quoi consiste-t-il ? Expliquez.
- Dans le texte original, les strophes et les antistrophes sont semblables au niveau de leur construction. Quelles interactions retrouve-t-on également quelquefois entre elles dans leurs contenus ?

POUR ALLER PLUS LOIN

ÉDITION DE RÉFÉRENCE

- SOPHOCLE, *Œdipe roi*, in *Tragédies complètes*, trad. de Paul Mazon, Paris, Gallimard, coll. « Folio classique », 1973.

ÉTUDES DE RÉFÉRENCE

- DELEUZE G. ET GUATTARI F., *L'Anti-Œdipe*, Paris, Éditions de Minuit, coll. « Critique », 1972.
- FREUD S., *Introduction à la psychanalyse*, Paris, Payot, coll. « Petite bibliothèque Payot », 2004, http://revel.unice.fr/loxias/index.html?id=8272
- GRARE C., « Œdipe Roi de Sophocle », in *Académie d'Aix-Marseille*, consulté le 18 octobre 2016, http://lettres.ac-aix-marseille.fr/lycee/grec/sophocle.html
- LOBO A.-L., « Freud face à l'Antiquité grecque : le cas du complexe d'Œdipe », in *Anabases*, 2008, consulté le 19 octobre 2016, https://anabases.revues.org/185
- MONTIN S., « Œdipe de Sophocle à Pasolini : l'héritage en question », in *Loxias*, 2016, consulté le 18 octobre 2016.
- VAN REETH A., « La parenté : de Sophocle à Deleuze, l'Œdipe sans complexe », in *France Culture* (podcast), consulté le 19 octobre 2016, https://www.franceculture.fr/emissions/les-nouveaux-chemins-de-la-connaissance/la-parente-24-de-sophocle-deleuze-loedipe-sans
- VONTRAT F., « *Œdipe Roi*, de Sophocle à Pasolini », in *Lycée général Jean Lurçat*, consulté le 18 octobre 2016, http://lycee-jean-lurcat.entmip.fr/le-cdi-en-ligne/oedipe-roi-18623.htm

SUR LEPETITLITTÉRAIRE.FR

- Fiche de lecture sur *Antigone* de Sophocle.

ISBN version numérique : 978-2-8062-9059-5
ISBN version papier : 978-2-8062-9060-1
Dépôt légal : D/2016/12603/823

Avec la collaboration d'Harmony Vanderborght pour les chapitres suivants : « Entre dieu et homme », « Regard et cécité », « Le complexe d'Œdipe dans la psychanalyse », « *Œdipe roi* de Pasolini : un héros transhistorique », ainsi que l'encadré sur la catharsis.

Conception numérique : Primento,
le partenaire numérique des éditeurs.

Ce titre a été réalisé avec le soutien de la Fédération Wallonie-Bruxelles, Service général des Lettres et du Livre.

Retrouvez notre offre complète sur lePetitLittéraire.fr

- des fiches de lectures
- des commentaires littéraires
- des questionnaires de lecture
- des résumés

ANOUILH
- Antigone

AUSTEN
- Orgueil et Préjugés

BALZAC
- Eugénie Grandet
- Le Père Goriot
- Illusions perdues

BARJAVEL
- La Nuit des temps

BEAUMARCHAIS
- Le Mariage de Figaro

BECKETT
- En attendant Godot

BRETON
- Nadja

CAMUS
- La Peste
- Les Justes
- L'Étranger

CARRÈRE
- Limonov

CÉLINE
- Voyage au bout de la nuit

CERVANTÈS
- Don Quichotte de la Manche

CHATEAUBRIAND
- Mémoires d'outre-tombe

CHODERLOS DE LACLOS
- Les Liaisons dangereuses

CHRÉTIEN DE TROYES
- Yvain ou le Chevalier au lion

CHRISTIE
- Dix Petits Nègres

CLAUDEL
- La Petite Fille de Monsieur Linh
- Le Rapport de Brodeck

COELHO
- L'Alchimiste

CONAN DOYLE
- Le Chien des Baskerville

DAI SIJIE
- Balzac et la Petite Tailleuse chinoise

DE GAULLE
- Mémoires de guerre III. Le Salut. 1944-1946

DE VIGAN
- No et moi

DICKER
- La Vérité sur l'affaire Harry Quebert

DIDEROT
- Supplément au Voyage de Bougainville

DUMAS
- Les Trois
  Mousquetaires

ÉNARD
- Parlez-leur
  de batailles,
  de rois et
  d'éléphants

FERRARI
- Le Sermon sur la
  chute de Rome

FLAUBERT
- Madame Bovary

FRANK
- Journal
  d'Anne Frank

FRED VARGAS
- Pars vite et
  reviens tard

GARY
- La Vie devant soi

GAUDÉ
- La Mort du
  roi Tsongor
- Le Soleil des
  Scorta

GAUTIER
- La Morte
  amoureuse
- Le Capitaine
  Fracasse

GAVALDA
- 35 kilos d'espoir

GIDE
- Les
  Faux-Monnayeurs

GIONO
- Le Grand
  Troupeau
- Le Hussard
  sur e toit

GIRAUDOUX
- La guerre de
  Troie
  n'aura pas lieu

GOLDING
- Sa Majesté des
  Mouches

GRIMBERT
- Un secret

HEMINGWAY
- Le Vieil Homme
  et la Mer

HESSEL
- Indignez-vous !

HOMÈRE
- L'Odyssée

HUGO
- Le Dernier Jour
  d'ur condamné
- Les Misérables
- Notre-Dame
  de Paris

HUXLEY
- Le Meilleur
  des mondes

IONESCO
- Rhinocéros
- La Cantatrice
  chauve

JARY
- Ubu roi

JENNI
- L'Art français
  de la guerre

JOFFO
- Un sac de billes

KAFKA
- La Métamorphose

KEROUAC
- Sur la route

KESSEL
- Le Lion

LARSSON
- Millenium I. Les
  hommes qui
  n'aimaient pas
  les femmes

LE CLÉZIO
- Mondo

LEVI
- Si c'est un
  homme

LEVY
- Et si c'était vrai…

MAALOUF
- Léon l'Africain

MALRAUX
• La Condition humaine

MARIVAUX
• La Double Inconstance
• Le Jeu de l'amour et du hasard

MARTINEZ
• Du domaine des murmures

MAUPASSANT
• Boule de suif
• Le Horla
• Une vie

MAURIAC
• Le Nœud de vipères

MAURIAC
• Le Sagouin

MÉRIMÉE
• Tamango
• Colomba

MERLE
• La mort est mon métier

MOLIÈRE
• Le Misanthrope
• L'Avare
• Le Bourgeois gentilhomme

MONTAIGNE
• Essais

MORPURGO
• Le Roi Arthur

MUSSET
• Lorenzaccio

MUSSO
• Que serais-je sans toi ?

NOTHOMB
• Stupeur et Tremblements

ORWELL
• La Ferme des animaux
• 1984

PAGNOL
• La Gloire de mon père

PANCOL
• Les Yeux jaunes des crocodiles

PASCAL
• Pensées

PENNAC
• Au bonheur des ogres

POE
• La Chute de la maison Usher

PROUST
• Du côté de chez Swann

QUENEAU
• Zazie dans le métro

QUIGNARD
• Tous les matins du monde

RABELAIS
• Gargantua

RACINE
• Andromaque
• Britannicus
• Phèdre

ROUSSEAU
• Confessions

ROSTAND
• Cyrano de Bergerac

ROWLING
• Harry Potter à l'école des sorciers

SAINT-EXUPÉRY
• Le Petit Prince
• Vol de nuit

SARTRE
• Huis clos
• La Nausée
• Les Mouches

SCHLINK
• Le Liseur

SCHMITT
- La Part de l'autre
- Oscar et la Dame rose

SEPULVEDA
- Le Vieux qui lisait des romans d'amour

SHAKESPEARE
- Roméo et Juliette

SIMENON
- Le Chien jaune

STEEMAN
- L'Assassin habite au 21

STEINBECK
- Des souris et des hommes

STENDHAL
- Le Rouge et le Noir

STEVENSON
- L'Île au trésor

SÜSKIND
- Le Parfum

TOLSTOÏ
- Anna Karénine

TOURNIER
- Vendredi ou la Vie sauvage

TOUSSAINT
- Fuir

UHLMAN
- L'Ami retrouvé

VERNE
- Le Tour du monde en 80 jours
- Vingt mille lieues sous les mers
- Voyage au centre de la terre

VIAN
- L'Écume des jours

VOLTAIRE
- Candide

WELLS
- La Guerre des mondes

YOURCENAR
- Mémoires d'Hadrien

ZOLA
- Au bonheur des dames
- L'Assommoir
- Germinal

ZWEIG
- Le Joueur d'échecs